AF240249

LA JOURNÉE

DES DAMES,

POÈME.

PAR M. L. D'**.

D⁴ 2786,

A AMSTERDAM,

Et se trouve à PARIS,

Chez les Marchands de Nouveautés.

1780.

AVIS

AU LECTEUR.

A DIX-HUIT ANS ofer entrer dans la lice!
Quelle audace! J'entends déjà rire à mes dé-
pens les Journaliftes. Je les entends me dire:
Qui êtes-vous? partifan des Philofophes, ou
bien leur ennemi? D'où peut venir cette affu-
rance? Avez-vous eu foin d'acheter des Prôneurs?
Etes-vous certain que votrefecte l'emportera fur
toutes les autres? Jeune infenfé, connoiffez vous
tous les dangers que l'on court dans les bof-
quets du Parnaffe. Vous expoferiez-vous feul,
fans défenfe, au milieu d'une fombre forêt?
Parlez. Expliquez-vous. Si vous n'êtes point fou-
tenu, tremblez. A cela je réponds: Dois-je croire
qu'un fimple badinage m'attirera la haîne de ceux
qui ont déjà parcouru la carrière où je ne fais que
d'entrer? Si cette bagatelle eft fans mérite, il
eft un Public éclairé qui faura m'avertir de ne
plus écrire. De plus, c'eft pour celles que je chante
que ma Mufe m'a dicté ces Vers. Heureux fi

je les vois fourire à mes efforts ! Je ferai trop payé de mes foibles travaux fi j'obtiens l'aveu d'un fexe qui, malgré tous nos profonds Penfeurs, n'a d'autres défauts que ceux que nous voulons bien lui prêter.

LA JOURNÉE

DES DAMES.

O TOI, dont les brillans pinceaux
Peignirent si bien la Nature,
Prête-moi cette touche pure
Dont tu sus orner tes tableaux,
B **, je chante la Journée
D'un Sexe aimable & séducteur,
Qui règle notre destinée
Par un charme toujours vainqueur.
Je veux lui rendre mon hommage !
Plaisirs, embellissez ce Jour ;
Grâces, présidez à l'ouvrage
Pour qu'il soit digne de l'Amour.

Déja l'Astre de la lumière
Sur nous déployant tous ses feux,
Du haut de la voûte des Cieux,
Sembloit vouloir brûler la terre.
Églé, dans les bras du sommeil
Jouissoit de l'erreur d'un songe ;
L'yvresse de ce doux mensonge
Hâta l'instant de son réveil.
Quelle est Églé, quel est son âge,

A iij

Me dit quelque Lecteur ardent ?
Églé, femme d'un Préfident,
A vingt ans connut le veuvage.
L'Amour profita du moment ;
Son ame encor naïve & pure,
Sortant des mains de la Nature
Ignoroit jufqu'au fentiment ;
Sainphal vint, l'aima, fut lui plaire ;
En trois mots, voilà fon roman.
Or, vous jugez (la chofe eft claire)
Qu'elle rêvoit à fon Amant.

Regrettant cette aimable yvreffe,
Et foupirant de fon erreur,
Du fein d'une douce langueur
Elle s'arrache avec molleffe.
Elle fonne, chacun s'empreffe.
Mais fon ton eft trifte & grondeur ;
En vain redouble-t-on d'ardeur,
Elle fe lève avec vîteffe,
Et déjeune d'un air boudeur.

On s'avance vers la toilette ;
Églé, le dépit dans le cœur,
S'affeoit, gémit, refte muette ;
L'Amour fourit de fon humeur.
D'une main douce & nonchalante
Elle détache fes cheveux,
Leur défordre voluptueux,
La rend plus belle & plus touchante.
Tout fous fes doigts eft relevé,
Tout s'unit, s'arrange avec grace ;

Encore un coup-d'œil à la glace
Et l'édifice est achevé.
Sa main errant à l'avanture
Dans ses cheveux place ses fleurs,
Où l'Art dispute à la Nature
La vérité de ses couleurs.
L'Amour en fait une couronne,
Il les embellit tour à tour,
Et les met dans leur plus beau jour:
Le rusé se prépare un trône.

Mais on annonce un Conseiller,
Qui croit sauter, parfumé d'ambre,
Sans qu'on en puisse babiller,
Des Coulisses à la Grand'Chambre.
Il s'asseoit en gesticulant,
D'un ton pesant fait l'agréable,
Parle un jargon qu'il croit brillant,
Et juge tout d'un air capable.
Bien fier d'entasser mots sur mots,
En secret lui-même il s'admire,
Peu sensible à ses vains propos,
La Belle se tait & soupire,
Son esprit paroît absorbé
Dans une sombre rêverie;
Enfin, il quitte la partie,
Et fait place à Monsieur l'Abbé.
Etre adorable est sa manie!
Il s'avance nonchalamment,
Et pour paroître plus charmant,
Frédonne un air d'Iphigénie.
Ses regards savans & profonds

Se promenent fur la toilette,
Tour à tour fa main peu difcrette
Touche des fleurs, puis des pompons.
A la Belle enfin il s'adreffe,
Vante fon teint, fes yeux, fon cœur,
Ofe lui parler de tendreffe,
Se nomme fon adorateur,
Lui reproche d'être infenfible,
Veut même lui baifer la main,
Mais Sainphal arrive foudain,
Et lui lance un regard terrible.
L'Abbé qui, jufqu'à ce moment,
Près d'Églé fembloit intrépide,
Tout-à-coup devenu timide,
Se retire modeftement.

Que de gens font ainfi paroître
Beaucoup d'éclat, mais peu d'effet.
A fa place, qu'auriez-vous fait,
Va me dire quelqu'un peut être?
Je n'entre point dans ce débat,
Chacun pour foi, c'eft mon affaire;
Pour celui-ci, c'étoit un fat,
Il a fait ce qu'il devoit faire.

Églé fourit de la colère
Et du tranfport de fon Amant,
Son ame à la fois tendre & fière
Jouit de fon emportement.
Dois-je peindre ici leur tendreffe,
Analyfer leurs fentimens?
Dois-je parler de leur yvreffe?

Non. J'écris pour les vrais Amans.
Que l'être plein d'indifférence
Discoure du plaisir d'aimer ;
Pour nous, goûtons-le avec constance
Mais sans chercher à l'exprimer.

Que le tems coule avec vîtesse,
Sur tout celui de nos plaisirs !
Sainphal dans le feu des desirs
Va déjà quitter sa Maitresse.
Églé lui peignant d'un regard
Tout ce qu'elle éprouve d'allarmes,
Lui donne d'un air plein de charmes
Un rendez-vous au Boulevart.

Là Belle acheve sa toilette,
Son cœur rappelle son Amant,
Au gré de son ame inquiette
Le tems vole trop lentement.

Mais on vient annoncer Thémire,
Femme aimable par sa gaité,
Qui de la sensibilité
Jamais ne sut chérir l'empire.
Chaque jour de nouveaux desirs,
Qui du cœur n'étoient point l'ouvrage,
Dans le tourbillon des plaisirs
Peut-on entendre son langage.
Être froid, tu te dis heureux,
Ton ame paroît ennivrée,
Tu crois embellir par des jeux
De tes ans la courte durée,
Mais tous ces plaisirs si vantés

Qui paffent avec la jeuneffe,
Et feront bientot regrettés ,
Ces tranfports , cette folle yvreffe ,
Vaudront-ils jamais un beau jour
Paffé dans la mélancolie ,
Et le hochet de la Folie
Vaut-il le flambeau de l'Amour ?

Après tous les propos d'ufage ,
Où chacun de la fauffeté ,
Sous le nom de civilité ,
Semble difputer l'avantage ,
Que comptez-vous faire aujourd'hui ?
Dit Thémire à notre affligée.
Rien. Comment rien ! Ciel , quel ennui !
Mais , non , . . . vous êtes engagée.
Quoi ? nous irons à l'Opéra.
Juftement , c'eft Iphigénie ,
Sans doute Le Gros y jouera.
Refter feule ! quelle folie ?
Elle s'en défend , mais en vain ,
Thémire eft fine & foupçonneufe ,
Pour une femme connoiffeufe ,
Un fait douteux devient certain.
Églé , dans un lefte équipage
Se précipite en foupirant ,
« Le défefpoir de mon Amant ,
» Sera , dit-elle , mon ouvrage.
» S'il alloit douter de ma foi. . . .
» Mais non , quelle crainte me bleffe ?
» S'il blâmoit ma délicateffe ,
» Il feroit indigne de moi.

» Nos feux sont cachés à Thémire ,
» Elle n'a point lu dans mon cœur;
» Cédons un instant d'un bonheur
» Que ses soupçons pourroient détruire ».
L'Amour jouit de sa fierté ,
Lui-même dans cette ame altière
 Il remetla tranquillité.
Le char fait vôler la poussière ,
Et peint dans sa rapidité
Les longs roulemens du tonnerre,
Qui vient annoncer à la terre
L'aspect de la Divinité.

Enfin l'on arrive à ce Temple
Où tout sourit à nos regards,
Où chaque jour Paris contemple
Les Amours unis aux beaux Arts.

Sexe , du monde la parure,
Image fidelle des Dieux ,
Vous rendez l'homme ingénieux,
Son esprit s'allume & s'épure,
Et lorsqu'il nous peint la Nature
Il prend tous ses traits dans vos yeux.
S'il faut étaler sur la scène
D'un Héros les tristes malheurs ,
C'est la plaintive Melpomène
Qui vient nous arracher des pleurs.
Si prenant un ton plus vulgaire,
Par des traits non moins séducteurs,
De l'homme on peint le caractère ,

Et fa fôlie & fes erreurs,
Pour nous, c'eft l'aimable Thalie
Qui, maligne avec modeftie,
En riant corrige nos mœurs.
Oui, vous entendrez ce langage,
Vous qui régnez fur tous les cœurs ;
Par ces noms, pour vous fi flatteurs,
De ces Arts on vous fait hommage ;
De vos regards ils font l'ouvrage ;
C'eft d'eux feuls que naît le talent :
Vous aurez toujours en partage
Tout ce qui tient au fentiment.

Dans ce Temple de la Féerie,
Notre Belle pénètre enfin ;
De Petits-Maîtres une effaïn
Vient diffiper fa rêverie.
Ainfi l'on voit dans nos Jardins,
Près de la fière tubéreufe,
Voltiger la troupe amoureufe
De papillons vifs & badins.
Églé, d'un air d'indifférence
Répond à leur empreffement.
Au milieu d'une foule immenfe
Elle ne voit que fon Amant.
Sainphal, rempli d'impatience,
Se promène fur les remparts.
Rien ne vient frapper fes regards,
Il accufe Églé d'inconftance.
Il calme un inftant fa fureur,
Son âme s'ouvre à l'efpérance ;
Mais déjà le tems qui s'avance

A détruit cet espoir flatteur.
Il jure, (serment téméraire
Que dicte son esprit troublé),
Il jure de haïr Églé,
Il la nomme fausse, légère ;
Enfin par la rage excité,
Il maudit l'amour qu'elle inspire,
Et court oublier chez Thémire
Ses attraits & sa fausseté.
Il entre, quelle est sa surprise !
Au milieu d'un cercle brillant,
Il voit l'objet qui le maîtrise.
Églé sourit à son Amant.
Mais d'un air froid il la salue,
S'asseoit près d'elle tristement ;
Son âme semble à peine émue,
Que dis-je ? elle est déja vaincue.
Lecteur, attendez un moment.

L'on se met à parler de guerre ;
Damis, couché dans son fauteuil,
D'un seul mot détruit l'Angleterre,
Puis à Cloé jette un coup-d'œil.
Sainphal plein de sa jalousie,
Daigne à peine s'en occuper.
Mais voici l'instant du souper,
Et déja Madame est servie.

Jadis de nos soupers charmants,
La gaiété faisoit l'appanage ;
L'esprit brilloit sans étalage,
On évitoit les traits mordants.

Guidés par l'aimable folie,
Les François étoient amusants,
L'aile de la plaisanterie
Emportoit les soucis cuisants,
Avec bien moins de modestie,
Nos cœurs étoient plus innocents.
Aujourd'hui la Monotonie
S'empare de tous nos plaisirs,
L'ennuyeuse Cérémonie
Amortit le feu des desirs.
Des grandeurs, nulle jouissance,
Un air bien vain, un ton glacé;
Voilà ce que l'on trouve en France;
Sur le trône de l'opulence,
L'ennui pour toujours s'est placé.
France, qui t'à ravi ta gloire
Et ton antique majesté?
L'Anglois a détruit ta mémoire
En t'enlevant à la gaité.
A sa triste Philosophie
Nous obéissons désormais,
Et la sombre mélancolie,
Est la Déesse des François.

Enfin, l'on a quitté la table,
Les jeux sont déja préparés.
Le jeu n'offre rien d'agréable
A deux cœurs d'amour ennivrés.
Ciel! je n'ai point mon équipage,
S'écrie Églé prête à sortir.
Son Amant comprend ce langage,
Il a le sien, il vient l'offrir;

Assis auprès de sa maîtresse,
Il garde un ton froid, plein d'humeur;
Églé pénètre dans son cœur,
Et lui pardonne sa foiblesse.
Ce trouble lui paroît flatteur,
Il prouve l'amour qu'elle inspire,
D'un mot elle saura détruire
Un chagrin qui naît d'une erreur.

Sainphal se tait, rêve, soupire;
Le Char s'arrête en ce moment.
Églé l'engage à la conduire
Jusques dans son appartement.
Elle revient de sa toilette
Dans un négligé séducteur;
Ils sont seuls. Heureux tête-à-tête,
Où l'Amour doit être vainqueur.
Bien-tôt elle se justifie,
A son Amant peint sa douleur.
Il maudit sa noire fureur,
Et son injuste jalousie.
La Belle, dans ces doux moments,
Se trouble & demeure éperdue,
Une émotion peu connue
Vient s'emparer de tous ses sens.
L'Amour rend Sainphal téméraire,
Il brûle du feu des desirs,
Mais il veut cacher ses plaisirs
Sous le voile épais du mystère.
La beauté devient moins sévère
Quand la nuit couvre ses appas,
La pudeur ne se défend pas,
Lorsque l'Amour seul nous éclaire.

De la touchante Volupté,
Il apperçoit enfin le trone ;
Il y porte fa déïté,
Et déja faifit la couronne
Due au vainqueur de la beauté.
Spectacle heureux de la tendreffe !
L'Amour agitant fon flambeau,
D'Églé redouble la foibleffe ;
Enfin...... Mais quittons le pinceau,
Ce Dieu, jaloux de mon ivreffe
A déjà tiré le rideau.

F I N.

BIBLIOTHÈQUE ROYALE

www.ingramcontent.com/pod-product-compliance
Lightning Source LLC
LaVergne TN
LVHW010252060726
842527LV00007B/2750